詩集

# 風が運ぶ古茜色の世界

青木善保

コールサック社

詩集

# 風が運ぶ古茜色の世界

目次

表紙カバー及び中面写真（作品　人形／木彫／水彩画／折紙）
青木侯子・遺作

詩集

# 風が運ぶ古茜色の世界

青木善保

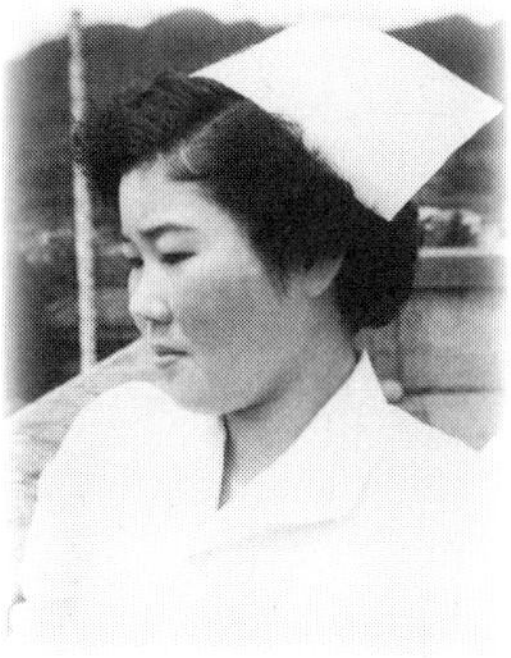

〜追悼　妻・侯子《きみこ》
（一九三一年二月一三日〜二〇一七年九月四日）〜

# 古《こ》茜《あかね》色《いろ》の世界

ミンミンゼミの生命満開の声をきく
地中のヒグラシは終末行動を始める
迷わず己を確かめ　本性の示すように掘り進め
先のない世界を想い　命題を呻吟する余裕はない
一刻も早く地表に出て伴侶を得なければ
大地に還ることはできない
先日　嵐に遭遇して地中に滅した仲間を想う
宇宙の羅針盤による宿命は普遍のもの
瞬時　伴侶との邂逅は　即別離
厳然の天則を精一杯鳴き続ける

貴女の生命は闇の中をひたむきに歩み続ける
私は息切れして立ち止まろうとするが足が止まらない
身代わりもできず　為すこともわからず
渡り川　此世人にみえない　人生終息が近づく
　イマキタコノミチ　カエリャンセの曲が流れる
アルプスを望むチロルの小径を
　両手でリンゴを握りしめて若い牧師さんが急ぎ行く
貴女が言葉を発せない時が来た
私は努めて昼食の介助をする
寝台を徐々に起し配膳のミキサー食を前に「戴きます」
匙で重湯を少しすくう「ごはんだよ　かたいかな」
目を細く開く　口元に運ぶ　口を少し開く　口に含む
「ごっくんだよ」と促す
喉に動く　次のスプーンが動く

貴女の左手が　私の左手を握る　海の唄が流れる
黒い自我が無言界で漂白されていく
食事が細くなり　貴女の生命が離れていく
　ウミハ　ヒロイナ　オオキイナ
　ツキハノボルシ　ヒハシズム
　ウミハ　オオナミ　……
貴女の眉間のしわが　平らか　微笑にかわる
静かな時空　夾雑物の介在しない丸裸の
生命と生命だけの交感が確かに在る
暗黒世界と黄金世界　その間隙に古茜色の世界

しかし　此処はどこかわからない
国家主義を脱する地球ではない　木星の衛星なのか
此処にいるのは何人かわからない
きっと　カミュのいう「異邦人」なのか

誕生以来　膨張する宇宙　地球の終末は決まっている
それまでの一瞬間　生きる悲しみと共にある
貴女は初秋未明　美しき相を現じて旅立つ
「アリガトネ……」
ウミニ　オフネヲ　ウカバセテ
イッテ　ミタイナ　ヨソノクニ
貴女の愛でた四季咲きバラが枯れ始め
季節外れにヒイラギの白花が咲き始める

＊古茜色　奈良天平染色彩　インド茜
屏風絵に用いる暗赤色

人形

*

# 水音

五月の風
箒の公孫樹が
鮮やかな新緑に変身
ヴェールの向こう側の
記憶がよみがえる

急流の丸木橋を渡る
少年少女のグループ
槍沢の雪渓にくるしむ
殺生小屋から仰ぐ

大槍の巨大さ
鎖にまかせる緊張
頂上目前　黙々と登る

志賀高原の石ガラ道をいく
少年少女のグループ
湿原　清澄な木戸池を右にみる
白樺が涼風をおくる
熊笹のスロープがひろがる
行く手の笠岳をめざす
静寂な壁を黙々と登る

貴女と公園のベンチに座る
新緑公孫樹に魅入る
耳奥に風が流れる

記憶の奥底
水音が聴こえる

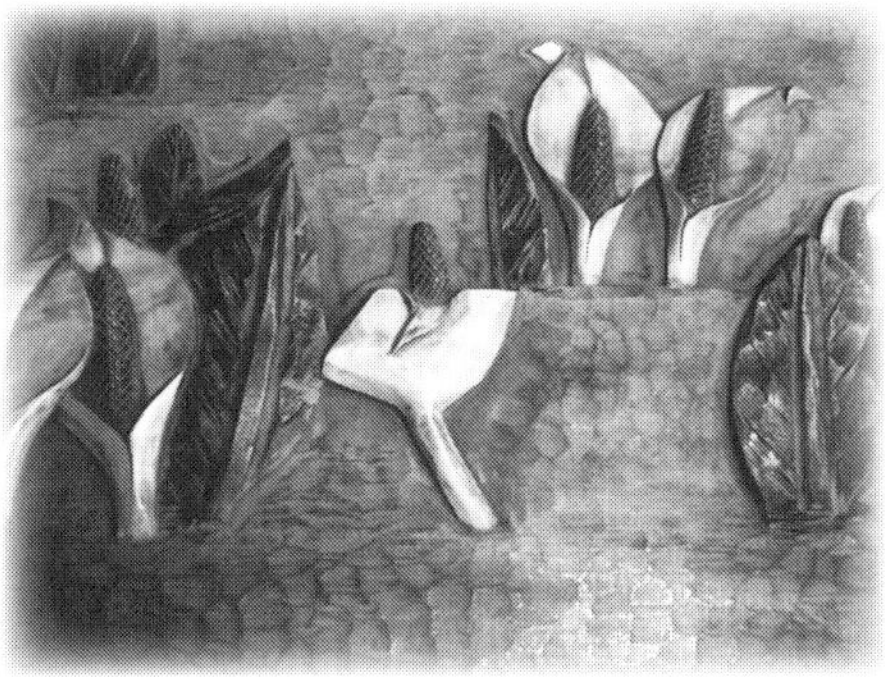

木彫「水芭蕉」

# 飯綱山をまぢかに

学生最後の初夏　戸隠表山に登る
奥社への大杉の参道は冷気に包まれ
人影もない　小鳥の声　渓流の水音
奥社を過ぎて急坂　登山者皆無　さらに
梯子　くさりの登攀を繰り返す
北アルプスでも経験できない
切り立った岩の蟻の塔渡り　剣の刃渡り
姿勢を低くして　ゆっくり　バランスをとって進む
下を見ないで這うようにして　と
貴女に声をかける　汗をにじませた笑顔

最後の登りを終えると　急に視界が開け千九百米《メートル》
六畳ほどの頂に出る　八方睨みに立つふたり
東を見る　戸隠飯綱山麓に広がる樹林
カッコウの声が響いている
横たわる飯綱山が目の前にある
西を見る　眼下の絶壁の先は裾花川の源流
遠く北アルプス連峰を見渡す
ふたりは　頂上の岩の出た土の上　大の字に寝転ぶ
宇宙の深淵を見るような碧い空にそっと誓う
　きっと　貴女をお嫁さんにする
頂に吹く山風にさそわれて
白い指がわたしの指先をそっと抑える
地球が自転を瞬時とめる
飯綱山が右手に見え隠れ　戸隠表山を縦走する
大洞沢をくだり戸隠牧場に出る

飯綱山の白樺樹林の山容が視界を覆う
貴女の遺した淡い水彩画『飯綱山』をみている

水彩画「飯綱山」

# 能登の海

新婚旅行の余裕はなかった
麦刈り休み　二泊三日能登の旅に出た
七尾線に乗り　和倉温泉の
古風の旅館に泊まる　翌日
乗合バスで北端の狼煙岬を目指す
乗り継いでかなり手前で降ろされる
路線は一日二本の運行
時間を見て近くの海岸に出る
初夏の海のうねりにふたりは走った
パンツ姿で夢中に海水を掛け合う

広大な海辺でニンフとの戯れのように
宿の二階　曽々木海岸奇岩を照らす
輝く大きな夕陽を見詰め合う
夜中に嬉しい悲鳴のような鼾が聞こえた
翌日輪島に出る　塗りの箸二膳を求める
貴女は　海の唄が好きだったね
マツバラトオク　キユルトコロ
シラホノカゲハ　ウカブ……
死ぬときは　ウミで逝きたいと
　わたしは山で逝きたいといったが
　今はウミがいいね
六十年近く経つ　今
貴女の紅い箸を傍に置いて
ご飯を戴いている

# 散歩の幻夢

初夏の散策に出る二人
見慣れた街角から
柳並木の大通りに出る小路へ入る
人影がない真昼の静寂
ブロック塀の上にセンダンの葉群
一段と高く泰山木の大輪花を押し包んだ蕾
隣は低い生垣に囲まれたバラ園　足が止る
季節を待っていた花の精が　色とりどりに
語り掛ける　アンネのバラも呼んでいる
天は梅雨入りが近い湿度を含んだ青空

急に　視界が狭まり　思わず　手を握る

日食のように辺りは暗くなり　大地が波打つ
浅間山大噴火か　善光寺大地震か
闇の中に　悲鳴　助けを求める低い声
紅蓮の炎が近づいている
此処はどこだ　呼びかけに応答がない
見たこともない　崩れた空き家が黒々続く
〈釈尊に　他の仏国から来た膨大な数の
菩薩たちが　教えを広めると　申し出る
やめなさい　良家の息子たちよ　あなたたちの
その仕事が　何の役に立とうか
その時　娑婆世界の大地があまねく裂けて
その裂け目から幾千　千億《ナユタ》もの地涌《じゆ》菩薩が出現した
この菩薩たちは私が　最高の悟りへ向けて成熟させた

娑婆世界広大な大地下の虚空界に楽しく過ごしていた
釈尊のことばを聞いて　大地下から共々出現した〉
＊法華経十四章

辺りが明るくなり初夏の路地景色がよみがえる
日常の裏面に進行する世界を想像する余裕はない
しかし　潜在的な不安が積み重なり　抑えることも
柳並木大通りが見えてきた　車の音が急に大きくなる
早朝はカッコウの呼び声がきけるだろう
里山新緑が山菜採りを招いている
塀の上　藤の紫房が　いくつも膨らんでいる
太い桐の根元　山吹の黄色花がすけてみえる
今日は名物のパン　買って帰ろうか
強く握っていた手を　ゆっくり離すが
再び　強く握る　歩きはじめる

# ものの気に邂逅

善光寺平から北へ抜ける坂中峠
九十九折急坂が飯綱山麓に連なる谷の
深く切り立つ縁を避けながら　冬枯れの
雑木林の中を上り詰める　人家が見える
道は下り始める　昼近く車もみえない
なだらかな斜面は　早春を待つ牟礼の里へ
遠景の黒姫山は雪を纏う　眠りの山々
突然左前方　天に手を広げた
紅紫色の大きな宝石が顕れる

〈地蔵山オオヤマザクラに伝説がある
時は室町時代　ある年の春
越後　国守上杉氏家臣　若侍杉浦隼人
善光寺から越後に向かっていた
日暮れて急ぎ　坂中峠麓のあたり
行く手をふさぐ　上品な衣装の女
　この先は盗賊が現れます　お留まりなされませ
　そうはゆかぬ今日には　峠を越えてしまわねば
女は行く手をふさぐように　舞い始める
奇異に思った隼人は　女を斬り　首を提げて道を急ぐ
はたして　峠を越えた暗闇で数人の盗賊に襲われる
もはやと思ったその時　もう一人の隼人があらわれ
盗賊に立ち向かい深手を負う　ひるんだ盗賊は去る
夜が明けた　分身の隼人を探す　草叢に地蔵尊の首
　そうか　わしに危難を知らせたうえ　身代わりに

なんとありがたいことだ
隼人は　地蔵尊の首を安置し　旅人の安泰を祈った
その場所が地蔵山　村人の信仰を集め　地蔵久保に
明治時代　二度の大戦が終わり　日清戦争から
生還した高橋寅治郎は　オオヤマザクラ植樹の提案
地蔵尊の脇に村人の手で植えられた　紅紫花の名木
樹齢百数十年を経て　葉が早く落ち　太枝が枯れる〉

桜樹の老いを止めることはできない
往年の豪華さはみえない　二十年余通う
ひっそりとした桜花の気を　二人で観る
格別厳しい寒気に　太幹の空洞に苦しみながら
自立の誇りを持ち続ける　樹皮は削がれている
根元近く　四方八方の太枝も数を減らし
紅紫の少ない桜花が　この世の物とは思えない

人の心を怪しく狂わせる
まるで　桜鬼女が大地を切り裂いて
地上に薄紅色の裸身をさらすように
脈々と流れる樹液は　孤独に苛まれている
水も空気も　ゆたかな存在を持て余している
ゆたかさを生かせない　独りぼっち
しかし　樹液を送り続ける　足踏みポンプは
止めるわけにはいかない

＊『オオヤマザクラと地蔵首伝説』原作小山丈夫

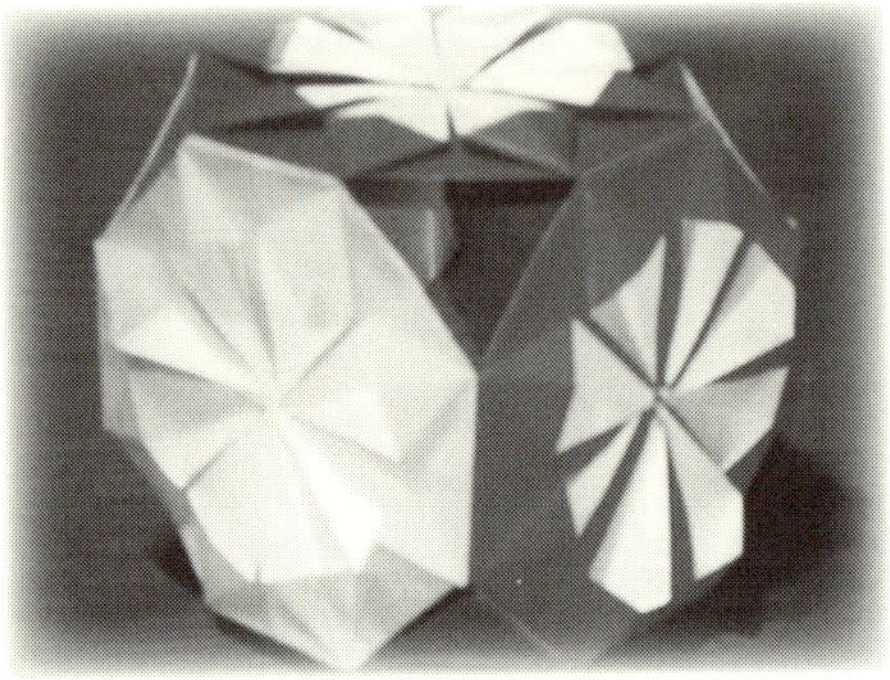

折紙

*

# 新たな心の衣

除夜の鐘が響く
何年　百八の音を
聴いただろう

春秋が短くなり
あわただしい
大地に根を張る
草花を育てる
余裕をもちたい

衣替えの潔さで
新年を迎える
物にこだわらない
気に入らないことも
恕しがたいことも
全てを受け入れる
貴女は民生委員の看板を
背中に秘めて
寛容の地縁協同の場を
創る一歩を踏み出していく

# 春を運ぶ

一面の雪を分けて寒風に
顔を出す　緊張感がない
庭のフキノトウの
ちょっぴり　悲哀

早春の陽を
背中に受けて
小さな花芽を満身に抱いた
フキノトウを慈しみ
いくつか籠に入れる

強い香りが
指先に染みる

急ぎ　フキ味噌をつくる
貴女は　春の香を歓ぶ
家族の笑顔を浮かべている
明日の雪空は　穏やかな湯気で
消えていくのだろう

# 早朝の対話

そうっと　床をぬけて
玄関の戸を静かに押し開ける
五月の明るい光が
牡丹の大輪花
小さな花壇　葉先の露に　注ぐ
蝶や虫たちが息をひそめて　待っている
清冽の風が吹き抜けていく

お気に入りの帽子をかぶり
手袋の手に如雨露を持って

咲き遅れたチューリップに
　アワテナクテ　イインダヨ
　暑サニ　負ケナイデネ
〈ことしの凍みは　たいへん　らいねんまたね〉
役目を終えていくパンジーの仲間たちに
　アカルイオ花　秋　春　アリガトネ
〈毎朝　おいしいお水　うれしいよ　さよなら〉
Tさんに頂いたユリが　背丈ほどに伸び
清楚にひらく大きいラッパ形白花に
　心ガ　スッキリ　背骨ガ　ピント　シマス
　花壇ノミンナガ　元気ヲモラッテイルヨ
〈ここの灯台だね　全方位に香線を届けるんだ
　支え棒を立ててもらって　ゆれがおさまったよ〉
花壇の中央の地面を這う　スベリヒユの小黄花が
〈どこへいっても　雑草扱いで　さびしいな

でも　乾期　酷暑につよいよ〉
雑草ダッテ　大事ナ生命ヲモッテイル
昔戦争ノコロ　茎ヤ葉ヲ食用ニ戴イタヨ……

狭い花壇に数えきれない草花が居る
藍色花のツユクサ　蚊帳遊びのカヤツリクサが
ラベンダー　グラジオラスの陰で　よんでいる
腰を伸ばして　天の風を深呼吸する
西空に　白い月がほんのり残っている
「姨捨」老婆の　老界を超えて
名月を賞する美意識が　うつる
肩を並べるように　貴女の
物言わぬ植物《いきもの》への　慈しみが光る
家中よりラジオ体操歌が　ながれる

*

# 断想

北風の強い日曜日
胸の奥が痛む

山の近くには
素晴らしい陽だまりの
幸せがあるという

斜面に子犬が走る
笑いが過ぎる
北に登るぬかるみに向かう顔には

白い影がある

うつぶせの貴女の姿に悲哀が漂う

意識の接触
ヒニクやオダテを憎む
美しさがまぶしい
人の心は
単純と複雑の交錯
正と反の葛藤の
渦だ
しかし　人は動く
行動は次の新しい状況を作り出した
魅せられた魂は　深い湖の底に帰る

# 転院の苦痛

環境の変化が心配になる　不本意の
再入院移動のためにつかれたのだろうか
元気な声が返ってこない
食事も進まない　手にむくみが出ている
スタッフ方が心にかけてくれている
院長さんは　膀胱炎を起こしているので
抗生薬を出します　と
ショートステイと違った生活
病室の窓から高い入道雲が見える
漸く梅雨明けた列島に政治の闇が近づく

貴女が時に開く瞳は何物をも包み込んでいる

一筋ノ道ヲ一人デ歩キ続ケテイルンダネ
一人デハナイヨ　傍ニイルヨ
緩和治療ニヨッテ創造サレタ穏ヤカサ
ドウカ　コノ夏ヲノリキッテオクレ

夏の明るい月が　寝静まる屋根を照らす
月光は原始の世界へ誘う
重篤の妻を持つ男は　わが身を焼いて
身代わりを願う　苦痛に耐えて
貴女は　此岸への想いを
そっと　断ち切ろうとしている

上信越の山々に昼の雲が流れる

病室に伏せて　眠り続けた眼がふと開ける
白い指にピンクの爪は　昨夜娘が飾ってくれた
よく似合っているね　笑顔が戻って来る
貴女の安心できる医療・介護のしくみを創らねば

木彫「シャクナゲ」

## お茶会の贈り物

週の午後　おやつの時間
病院内チャペル広間でお茶会が開かれている
スタッフが昼食の後　「お茶会どうですか」
入院患者・付添スタッフ・家族
迎える笑顔のボランティア職員の方々
臥せたままのベッドをスタッフと押す
車椅子の人　歩行器の人…　二十人位
手作りのアイスクリーム・クッキー等が
机や台の上に並べられ会話が始まる
貴女は緑茶をいただいて重い口を開いていた

人の話し声の中にいると
孤立しがちな心が少し開いていく
表情が一層穏やかになっていく

司会のSチャプレンさんが　お客様を紹介
職場実習に来ているF中学生
医師希望W君　病院栄養士希望Tさん
二人の自己紹介の後　W君が朗読する

〈詩　「自分の感受性くらい」　茨木のり子

ぱさぱさに乾いてゆく心を
ひとのせいにはするな
みずから水やりを怠っておいて

気難しくなってきたのを
友人のせいにはするな
しなやかさを失ったのはどちらなのか

……

駄目なことの一切を
時代のせいにはするな
わずかに光る尊厳の放棄

自分の感受性くらい
自分で守れ
ばかものよ〉

人生の終末を目前にしている

わたしたちにとって　厳しい励まし
わたしたちなりの感受性を
鋭い時の砥石で磨きぬこう
貴女が頷いてくれる
「ふるさと」をみんなで歌う　お茶会が終わる
主催の皆さんに感謝
W君　Tさんに初志貫徹を願って握手する

折紙「鶴」

*

# おくることば

焼香に煙る
貴女の遺影を前に
有形無形のことばが向けられる
読経　参列の人が続く
Uさんの澄んだ声がながれる

〈突然の訃報に驚きと深い悲しみでいっぱいです
二十数年前　U医院がJ町へ移転した際
大変お世話になりました　養護教員看護師の
豊富な経験と知識を　若い職員の手本となり

患者様への接し方をお示しくださいました
凛とした清らかな優しいお人柄　そして
内に秘めた芯の強さから医療人としての
誇りが感じられ　私も身の引き締まる思いが
したことを鮮明に覚えております

訃報が届いた夕方わが家の庭に　一匹の黒アゲハが
ひらりひらりと飛んでまいりました　行ったり来たり
する黒アゲハを目で追いながらA先生の詩が脳裏を
よぎりハッといたしました
　クロアゲハ
　真夏の日暮れ時
　母さんが　激しく呼ぶ
　むすめが来てくれたと…
先立たれた裕子さんを想われない日は

一日たりともなかったと拝察いたします
侯子さん　裕子さんとはもう再会されましたか
積もる話もおありでしょうね

侯子さん宅のお庭の南天　毎年分けて頂いております
昨年末も伺った際　A先生が優しい笑顔で
呼びかけられていました
きみさん　きみさん　と

愛情と思いやりがいっぱい込められたかわいらしい
花束を手に　毎日奥様を見舞われていたA先生
そしてご遺族の悲しみは計り知れません

どうぞ　安らかな旅立ちであられますよう
心からおいのりいたします〉

上古　大伴家持が国守の高岡育ち
二胡演奏者Uさんの音声は
シルクロードの大砂嵐にも屈しない
遊牧民の哀愁を背負っている
さわやかさ　思いやりの深さで　町の文化活動を
同志と推進しているUさん　感謝です
背後を海の唄の曲が包み　お別れがつづく
貴女はこれから　シルクロードを往かれますか
地球を巡り　大宇宙へ向かうのですか

# 闇のなかで

部屋の電燈を消す
不安定になる
頭と足が分裂したのかな
暗闇に感ずる
あの世とこの世の通路
足を遺して頭だけが動く
生きる執着はないと思いながら
食欲はある　今の生を保つために
食を断てないが　心の奥底に
断食させる淵がある

一人の静寂に
内面は　荒海の怒濤の如く
行き場のない情念の触手が
岩頭に向けてくだける
くだけても
くだけても
くだけても…
「黒の舟唄」がきこえる
〈おまえとおれとのあいだには
　ふかくて暗い河がある
　それでもやっぱり逢いたくて
　エンヤコラ今夜も舟を出す…〉
深広の喪失感　寂寥感が
烈しく噴き出る

声を失った蟬のように
闇の宙を舞う
愛おしさの慕情が
衝撃のように広がる
貴女のそばにいきたい
死の回想を夢中でむさぼる
しかし　あの世はみえない

部屋の電燈を点ける
足の安定をとりもどす

＊「黒の舟唄」　作詞・能吉利人　作曲・桜井順　昭和四十六年

折紙

# 貴女はどこに

一人の生活のはずなのに
貴女がいつものように腰かけている
それは　習慣の意識の残照ですか
形は消えても　霊は存在するのですか

真夜中　「ヨシヤスサン」　呼び声に目が覚め
思わず貴女の名を呼ぶ
貴女の部屋を見て回る
胸の中にいた「キミコサン」がいない
空洞の胸を抱いて天井を見回す

喪失の残像をおいかける

人間の死は時間の幅がある
生死の分かれ道だとは間違っている
心臓が止まっても　本当に全身が死ぬまで
点や線で区切ることはできない
死は生まれてから死ぬまで照らしている
やさしい頑張りの顔相がよみがえる

〈左様ならが言葉の最後耳に留めて
　　心しづかに吾を見給へ〉（松村英一）

エジプトの古代王墓から　舟や肌着が発見
死者は舟に乗って　太陽神のもとへ向かい
新世界に蘇り天空の生活をする証しという

死者は人智で救済できるのか
天国　浄土で幸せに暮らしているのだろうか
墓に入らず　千の風になっているのだろうか

〈死ねば死に切きり　自然は水際立っている〉
死ねば死に切り　見事なものだ　（高村光太郎[*1]）
〈聊か化《か》に乗じて以て尽くるに帰し
　夫《か》の天命を楽しみて復た奚《なに》をか疑わん〉
まずは万物の変化と一体になって死に帰ろう
天命なるものを楽しんで何も思い惑うことはない
（「帰去来の辞」陶淵明[*2]）
人は　天命自然の一物と無に帰すのだろうか
亡き人の死後には及ばないのだろうか

ロダンの名作「地獄の門」には

現世に生きる人間の現実姿が見える
人間の思考は天国を求め　極楽を求める
自己の存在は　此世における存在の不在を
絶えず体験して生き続けている
〈吾人は生死に左右せらるべきものにあらざるなり
　吾人は生死以外に霊存するものなり〉（親鸞[*3]）
貴女の霊は　確かに此世に居るのですね
私のすぐそばに無形で居るのですね

＊1『老いの超え方』吉本隆明
2『生と死のことば』川合康三
3『親鸞の生と死』田代俊孝

# おぼえがき

貴女のメモを整理する
大中小ノート　中小の紙片
洋裁　木彫り　生花　絵画　折り紙…
広告の裏面を見つける

来年になって体を大切にしよう
気をつけようとしても　効果なく
今　大切に気をつけなければ
自分の体の見通しが立たない
身体が第一　仕事は次

そんな時代年代になったのです
誰も見てくれません　自分で少しでも
今の体をいかに管理出来るか
最後まで健康で職務を果たしてもらいたい
それには第一に健康　健康であれば
心も先に健康　そして社会的にも
安寧な状態でさわやかな三月三十一日を
迎える事が出来るように願っています
さわやかに笑顔で過ごしてもらいたい

定年退職前年の秋の日付がある
二十七年前がよみがえる
過密スケジュールを邁進していた
重要判断に責められていた
この覚書を読むことはなかった

書かれたけれどノートの間に
秘められたのだろう
家のことは安心して任せていた
仕事の鬼になって笑顔を忘れている
身を小さくして振り返る
人間性を取り戻す「おぼえがき」は
どこから生まれ出るのだろう

*

# いのちの願い

秋の町文化祭　木彫り展示
有難う
此の世で　生命は
誰のために使うのだろう
歳をとることは
彼岸の海が近づいている
人間のいのちが
願いを　かなえる時が来る
怪しい雲行きの只中を

お腹イッパイの幸せを
程々にして
飢えている心の栄養に
いのちの願いを
失うさびしさに
小さな贈りものをしたい

木彫り作品　一つ一つ
傘立て　スリッパ入れ
薔薇の花　山脈　水芭蕉
貴女の心血が込められた
深夜　彫刻刀の
木板を彫る音が生きている

# 手づくりキャンドル

貴女が町のひまわり会の皆さんと作った
十個のキャンドル
仏間の片隅に出番を待っている
十二月のある夜
貴女の写真の前で
キャンドルに火をつけた
電燈を消すと　温かい光が
部屋にあふれる

貴女と私は

男と女　情けと情けの遊びっこ　ですか
真面目な少し怒った顔で
唄の文句にあてはめないで…

〈わが生涯を清く過ごし
わが任務を忠実に尽くさん…
わが力の限り任務の標準を高くせん…
心より医師を助け
わが手に託される人の幸福のために身を捧げん〉
（ナイチンゲール誓詞より）
キャンドルの炎にみる
強靱な人間愛がよみがえる
N病院で長く一緒におられたO医師は
外科外来診察で患者さんが

不安　不満を抱いた心情を　いちはやく察し
診察室から出ていった後を追い　言葉を掛け
患者さんの心情を癒す説明してくれて
私たちはどれくらい助けられたか計り知れない…
休憩時間では家庭的雰囲気を醸し出してくれるので
みなが外来に集まってきて会話が弾む
楽しい時間でした　と

キャンドルの炎をみる
貴女の　温厚な人柄　思いやりが
部屋に満ちている
ひと時の安息にひたる

木彫「小皿」

# 愛犬「陸《りく》」を偲ぶ

貴女の見舞いに来て
病院のお茶会に出席
「隔たりのないおだやかな空間を
　学校に創りたい」というK先生の
愛犬「陸」が逝く
貴女の四十九日法要の後
十八歳の年月　生活を共にする
朝夕の散歩　食べ物にも気配り
月毎の獣医検診を受ける
歩くことができない「陸」の

排泄を親身に世話する
　スコシモ　イヤダトオモワナイヨ
夜半のうめき声に　K夫妻は
いそぎ起きて　愛犬の不安をなだめる

かつて　自分の教育に悩み苦しむ心を
幾夜も　「陸」に語り続ける
もう一人の自分に話すように
「陸」は優しい眼で　K先生をみつめる
言葉が持つしがらみを　超える
広く深い響存の世界を直覚する
言葉に縛られる人間を超えて
生きる者すべてが響存する
温かく豊かな境位がある

K先生の三十四年間勤めあげを
待っていたのだろうか
子どもが本気になったとき自分でも
驚いてしまう自分に出会う
支援指導が有効に働いていることを
担任たちに自覚させてくれた
オリジナルオペレッタ「産川の唄」
「人間を感じ理解し人間をつくる
　ための教育」を教育研究所で学ぶ
運動会を子どもたちの力で創り上げる
総合的な学習の時間の単元開発
モンスターペアレンツとの遭遇
親権破綻の犠牲となる子に
対応する限界
自分を俯瞰できた療休から

本来の想いに立つ授業観・実践へ
教育職人を自負するK先生が
常に対話した愛犬「陸」さん有難う
貴女と出会っていますか

# うらをみせおもてをみせて

北信濃　早春の夕暮れ空は
薄茜色に染まり　魂を吸い寄せる
　ワタシハ　オヨメニイカナイ〈故郷愛着〉
志賀高原から流れ出る夜間瀬川の中流域
縄文後期佐野遺跡のある台地に立って
北信五岳〈妙高　黒姫　飯綱　斑尾　高社〉に
向かって叫ぶ少女が生まれ育つ
桑畑が果樹園にかわってゆく
敗戦の重荷が残る山村は家族愛が灯り
中野市へ峠を越えて高等女学校に通う

最愛の母　弟が急逝する　悲しみの涙
進路を「白衣の天使」と決める
伝統のある長野赤十字看護専門学校に学ぶ
寄宿舎生活で講義実習に励む　茶道華道を始める
同期生との絆が強固になる　念願の
戴帽式を経て長野赤十字病院勤務が決まる

夜勤が続く　病棟から病棟へ看護婦（師）の仕事
北病棟に急性肺炎で　北アルプス奥穂高岳登山帰りの
大学生が緊急入院
たまたま担当になって言葉を交わす
熱と下痢が続いて病院食が食べられない
見かねて時間を作り　卵をかきまぜたオジヤを
持っていく　かき混ぜ一匙口に含む　ほっとする
病状が回復して一か月で退院

自宅療養中のAさんを度々訪ね　花を活ける
信州大学教育学部を卒業　長野Y小にAさん赴任
病院外来の各科に勤め　外科勤務となる
外科医師の手術に参加する　人形作りをする
引き揚げ船興安丸　日本赤十字救護班員の活動

互いを信じ合って八年　結婚する
十余年務めた病院を退職して
新設のT中学校養護教諭となる　保健室で体を
休める生徒　上信境　噴煙と火口湖の白根山
北ア槍ヶ岳をみる燕岳集団登山の救護
日々傷病は絶えることはない　病院へ付き添い
新居の生活と学校勤務は厳しいが楽しい
訪ねてくる教え子　同僚の先生たちの笑顔
時に　両親　姉弟　看護学校の同期生を囲む食事会

長女出産後　養護教諭を退職　小京都飯田市へ転居
風越山麓の高台　教員住宅　朝夕の南に開ける眺望
次女出産　幼稚園児乳児の育児　家事に専念しつつ
風土に　人情　料理　言葉遣い　しぐさ　心身とも
飯田の人にかわる　長女小学校入学　保護者の責任
会議で倒れ病床に駆けつけた家族
笑顔で眼を閉じる　義父の急逝
義母一人の長野の家に入る　前年実父逝去
一家の主婦　近所付き合い　次女の小学校入学式
　どんなに遠くても車に乗らず歩くのだ
母の教えを覚えている娘　涙と歩いた入学式
信州大学教育実習紛争の渦中にAはいる
娘たちは小学生　生活も落ち着き
長野赤十字病院再勤務　水彩油絵同好会に参加
病棟勤務を経て外来外科に移る　活気に溢れる

山間地鬼無里　松本　軽井沢　Aは単身赴任
娘二人の高校　大学進学　土帰月来の家族会
六年間　Aの留守を預かる責任が重い　木彫を始める
入院中の義母を介護し　娘たちの自立への道をひらく
赴任先の宿を定期に訪ね　衣食健康を確かめる
Aが長野市に異動　長野赤十字病院退職
いじめ中二生自殺　いじめ撲滅の最中　早朝自宅取材
遺族との和解が成立　自宅訪問客が多くなる
地元校にA異動　娘二人は就職して主婦の責任が重い
「敬愛の心」の教育目標　生徒先生親の一体感
伝統運動会前日夕暮校庭の水たまりをバケツと雑巾で
唯一心に拭きとる先生と生徒　見つめる親たちも
瞳輝く生徒　気迫充実の先生　献身の両親の学校
家に居ても伝わってくる　大形の木彫にとりくむ
娘たちは社会人になり　職業の苦労を聴く

次女が結婚　軽井沢のUさんにお世話になる
A定年退職日　三月三十一日深夜十二時過ぎて
父母と教師の会役員Nさんの案内で善光寺本堂へ
ご加護　感謝の御参り　H教頭先生方からお聴きする
永い年月内助ご苦労様　有難く感謝です
今日で主婦の仕事は終わります
第二の人生を援助しておくれ

四月一日　好物を入れたお弁当をつくる
ネクタイハンカチ靴を新しくする　四季の漬物に自信
義母はO医師の親身な対応　入院生活数年　毎日通い
民謡童謡を一緒に歌う　感謝を残して逝く
Aの職場に旋風がふきはじめ　折あしく胆嚢手術で
入院一か月休養　元気で出勤する
新設のU外科にお世話になる　新鮮な緊張感

町内の方々との交流が多くなる　桜並木の花見会
民生委員を委嘱される九年間
休日Aと一人暮らし宅に昼食を届けてまわる
孫男児誕生　宿舎に出向き養育に努める
保育園の送迎　活発な行動についていけない
Aは詩作をはじめる　公民館報に載る　詩吟に集中
冷たい壁に囲まれても　骨のある教師を
期待して　Aは第二の職場を退く
　わたしのお世話はおわりね
ありがとうさん　趣味をだいじにね

常勤の仕事はなくなるが　二十一世紀に臨む
町の公民館のこと　長野県カリキュラム開発
研究会の立ち上げにAは動く　歌唱の会に入る
孫女児誕生　おとなしい　聞きわけがある　別居の

孫二人を見るのは神経を使う　屋外では要注意
Ａと手分けして成長をみまもる
長野豊野　山中の畑を借りて　野菜作りに熱中
往復　桃花丹霞郷の北信五岳眺望　夕暮れが佳境
成人学校文学鑑賞講座　良寛詩歌を受講
　月よみの　光を待ちて　帰りませ
　　山路は栗の　毬の落つれば
越後の良寛遺跡　簡素な五合庵を家族で訪ねる

長女四十八歳急逝　現代医学を只管信じて
二週間三つの転院　心を失う思いで過ごす
　オカアサンのひとこと　眠るように逝く
ミリミリと心の綱が切れる　居場所がみえない
Ａの後についてカラクリ人形のようにうごく
東日本大震災後　眼の手術で短い入院生活する

菩提寺霊山寺　黒田住職の早朝瞑想会に参加する
わが心の想念を去ることは難しく
初夏の墓前に佇み時を忘れる
　夏山を　越えて鳴くなる　時鳥
　　声のはるけき　この夕べかな　良寛
彼世人との対話は果てしない　足腰が痛む（要支援1）
家事買い物はAがしてくれる　付き添ってもらって
気持を新た　お飾り　折り紙　絵手紙に挑戦
不自由の足腰を杖で支え　時々善光寺参り（要介護1）
芽吹き桜花　紅葉の里山巡りに心を和ませる
孫たちとの週二回の夕食会を楽しみにしている
高校中学卒業進学を　日数を数えて待っている
テレビニュース番組の視聴　新聞地域情報読み
食事はAにまかせる　次女が来て入浴介助
医師の助言で訪問看護　次いで　デイケア

車椅子になれ始め　要介護2の初期生活に入る
不自由ながら見守る人たちに感謝の笑顔をみせる
突然　床から立とうとして大尻餅をつき　悲鳴
救急車でN病院入院　強度の脊椎圧迫骨折重症
激痛が消えず　症状を見て　緩和ケア病院へ
日を追って痛みが和らぎ　食欲も出て
病床の穏やかな時をおくる　家族　姉弟　知人に会う
嚥下筋力が次第におとろえ　食事　発声儘ならず
初秋未明　平穏五か月の病室生活
　アリガトウ　静かに永眠
初秋のもみじ一葉が　大地に還ってゆく

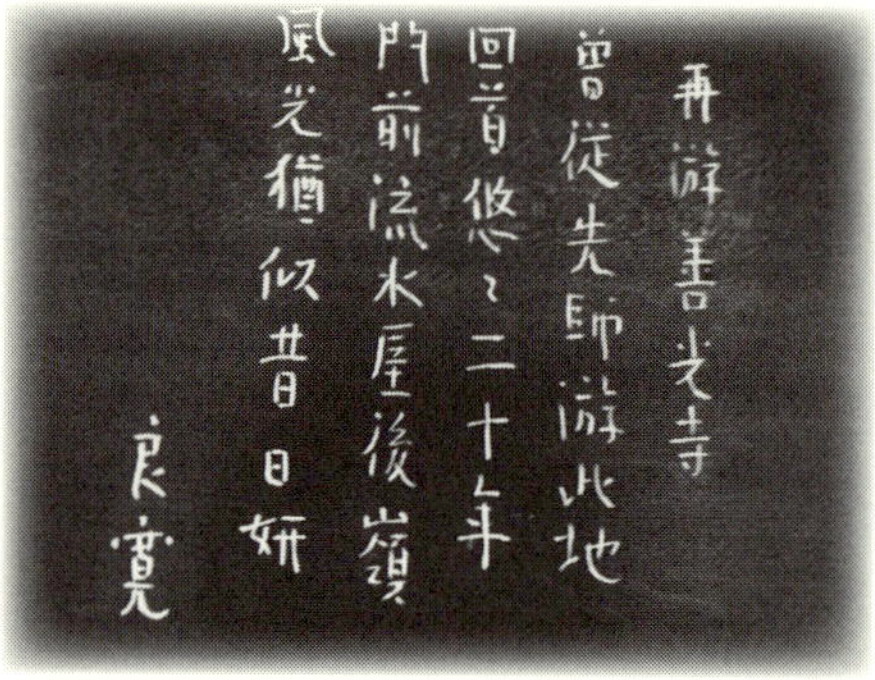


木彫「良寛詩」

*

# 孫の世界

君は　卯の年生まれ
飯綱　戸隠　飛躍　ひとっとび
蟻の塔渡り　　ピョン　　ピョン　　ピョン
青い空　正義の太郎　論理整然　ピョン　　ピョン　　ピョン
大空に　オオチャン叔母　キミコ祖母が　にっこり　笑う

一宇　お日様のめぐみに禱る
　お月さまのすくいに禱る
飯綱山のうさぎさん　おうまさん

一望　銀世界　走る　走る　銀世界
　スキーは走る　ジャンプだ
　ソーレ　雲の中　うさぎさん　おうまさん

一堂　凍寒の特訓を鍛えぬく
　剣を正眼に構え　瞬時に面あり
　形基本に忠実な美しさ

あなたは　午の年生まれ
千里一瞬　かけぬける
一瞬一考　俊敏　かけのぼる
青い空　美しい白い和　やさしくやさしく　まわっている
大空に　オオチャン叔母　キミコ祖母が　にっこり　笑う

木彫「あやめ」

*

# 葉っぱに学ぶ

植物たちは
空気中の二酸化炭素
根からの水
太陽の光を利用して
葉っぱで澱粉をつくる
光合成をおこない自活している

白神山地の幸は無限
マタギは原生ブナ林に猟をする
　冬はカモシカ　ノウサギ　ヤマドリ…

　クマは一年一・二頭に留める
マタギの里は漁をする
　夏はイワナ　サクラマス　アユ…
弘前藩の生活源は白神山地から
水源　食糧　燃料　鉱物を得ている
燃料になる薪材は年十五万本
十ヵ年廻伐　備山　森林保護を定める
しかし　山の伐り尽しは止まらない
藩の都合のために…

人間たちは
太陽の光　水　酸素を採りこみ
大量の食糧を求め　燃料にして
欲望を限りなく燃やし続ける
植物のように人間が体内で

澱粉をつくることができたら
人間社会はどうなっていただろう
せめて　葉っぱの光合成を
自負する先進科学で
工業化ができないのだろうか
貴女は不思議なことを考える

水彩画「果物」

# 無形のこころ

善光寺平の
濃い緑は　過ぎた時を含む
北天を指さすコブシ
大雪におおわれた白梅
天候不順に咲くソメイヨシノ
おぼろ月に浮かぶ菜の花
人の心を繋ぎとめることを拒む

花を愛した無形のこころが生きている
お茶お華古典を学ぶ智子さん

どなたにも明朗闊達の勇さん
街自治自立を実践する弘さん
生涯勉強に挑戦する栄子さん
民生委員の仕事に打ち込んだ侯子さん
街の城東館を設計建築する晃一さん

夏空に溶け込んでいる
無言のこころが
街の一人ひとりを照らす
小さな街でなければ
出来ないことがある
日々の幸せに我を忘れず
無形の連帯の輪を広げたい

# 湖面の境地

鬱蒼たる樹林をくぐり抜ける
やがて　行く手が開ける
夏の賑わいが去り
自然の静寂がみちている
鏡の如く面の湖に映る
北方遠い　妙高山　黒姫山の雄姿
西眼前　巨大な山容　飯綱山　霊仙寺山
貴女は湖岸に立ち　遠く望む

霊仙寺山東麓の登山口

人影の絶えた雑木林に一筋の苔小径
遺跡の礎石二十七個が広範囲にみえる
五社神社奥宮跡　左方修験行場跡　その東霊仙寺跡…
創始　五社大神を祀り別当寺が霊仙寺と称する
　五社権現は能登の国石動山天平寺（三百数十坊）に発し
　加賀の白山に次ぐ宗教的大勢力　往昔の七か国加賀
越中　越後　信濃（現存伊那　三郷　明科等）…
鎌倉期　戸隠二宗の争い　離れた僧徒が霊仙寺に移住
戦国期　甲越兵乱　上杉勢がたてこもる
　武田勢が攻め来て火を放つ
　霊仙寺一山（末寺数十か寺社　家幾十戸）焼失
江戸期　長野長沼の末寺に移る　廃仏毀釈を経る
大正期　善光寺北方　奥の院として大峰山麓に再興
平成期　善光寺平を一望する新しい霊山寺が建つ
貴女は　弘法大師さんの霊山寺墓地で休んでいる

東湖岸　人影ない鮮やかな紫陽花園
貴女のことばがうかんでくる
　風の音…
　何か聞こえる
　やさしい声
　大きな木のこえ
　小さな木のこえ
　アジサイの花が笑っている
　笑顔の太陽
　みんななかよしだね
霊仙天狗がぴょんと飛んでいる

＊長野県信濃町教委調査研究委員会
『霊仙寺遺跡調査研究報告書』１９８６

# アンコール　～既刊詩集より～

# 秋嶺の現

深山の樹林を分け入り
紅葉を探す
視界が開け
鬼無里　大望峠に立つ
左手　遠く
北アルプスの連峰
鹿島槍ヶ岳　槍ヶ岳
右手　眼前
急峻　戸隠西岳の岩肌

嶮峻に　手をあわせ
じっと眼を注ぐ
母さんが
あなたが
兎さんをつれて
あそこで合掌している　という
西岳中腹
屛風尾根の一つ
上部の巌が　あなたの顔に
岩陰が　黒いあなたの体にみえる
少し下　白い形
立ち兎がみえる

戸隠伝説
第六天魔王に祈願

誕生した　童女呉羽が浮かぶ
西岳裾まで埋める
広大な谷
自我を遮断する樹海の静寂
あなたの最期の
生きたい願いを
果たせない悔しさが渦巻く
死者をデーモンが苛む
現世《このよ》に似た
彼世《あのよ》があるのだろうか

西岳の　峨峨とする
厳つい表情は
いつになく穏やかな
山容を示している

（詩集『風のふるさと』より）

# なごみの風

貴女は
傾注した情熱の残照に
飛翔できない肉体にむち打つ
成年のころの悔恨が波うつ
晩秋の林に
夕霧が沸きたつ
光と闇の世界を
隔絶するような
なごみの風が流れる

貴女は
この一瞬
頬を紅くして
長い忍耐の
眼も耳も腰も不自由の
意志的生命限定の
強靱な壁に　思い悩む
庭木は無言をこらえ
幹をふるわせ
なごみの風が
庭木の冬支度を急かせる

黒々の林は
妖怪の世界になる
光の世界で無言であった

ひ弱な者たちが
口々に叫んでいる

熱く燃え立つ
光の世界から追われた
妖怪たちの白熱議論は
果てしない

貴女は
窓ガラス越し
満月の照らす
なごみの凮　霧の去った
黒々の林を
自己の体内に
投影し

光の世界にはない
刹那的条理を超え
いのちの根底から
途切れつつも　わきあがる
活気を
予感しようとする

（詩集『風のレクイエム』より）

# クロアゲハ

真夏の日暮れ時
母さんが激しく呼ぶ
娘がきてくれた　と

何処からきたのか
クロアゲハが
ヒラアリ　ヒラアリ
庭の低い空間を
風に乗って翔ている

三年前までくらしていた
部屋の窓に
近づいていく

純白　淡紅のグラジオラスの間を
色鮮やかな紫陽花を越えて
百日紅　向日葵に向かう
そっと牡丹の葉先に羽を休める

思い出の庭を
なつかしそうに
たのしそうに
風に乗って翔る
バラの葉に休む

立ち尽くす二人の眼前に
挨拶するように
翔てきては去っていく
翔てきては去っていく

眼の前に
羽ばたきで静止する
眼と眼が合う
無音のことばが交叉する
温かい黄金の沈黙
よくきてくれたね
確かに娘が
そこにいる

宵闇が迫る

クロアゲハの姿は消える
曇り空に
遠雷がひびく

（詩集『風のふるさと』より）

## 青木善保詩集『風が運ぶ古茜色の世界』に寄せて

# 彼女はここにいる

佐相　憲一

叙事詩というと構える読者もいるだろう。古代ギリシアの詩人ホメロスの歴史物語や、世界各地の神話的な民族叙事詩など、壮大なスケールと人間社会の根源的な考察、劇的な展開と、歌う要素の強調など、わたしたちはそうしたたくさんの叙事詩を文学遺産に持っている。

だが、ここにご案内する信州の現代詩人・青木善保氏の最新詩集は、そうしたものとは違う、きわめて個人的な味わいの詩集だ。抒情詩の要素も強いその中身は、妻をうたった叙事詩なのであった。妻が亡くなって一年。愛妻へのレクイエム叙事詩集だ。

詩集冒頭の詩「古茜色の世界」は、臨終の時を刻印している。慟哭と惜別の辛い時間を経て、ある程度冷静になった夫が、再度その臨終の時を手繰り寄せて内面の時空に構成し直したものである。虫の音も聴こえて、生命界の過去と未来の混沌としたなかに、ひとつのかけがえのない命の燃焼が位置づけられている。〈貴女の生命は闇の中をひたむきに歩み続ける／私は息切れして立ち止まろうとするが足が止まらない／身代わりもできず　為すこともわからず／渡り川　此世人にみえない　人生終息が近づく／イマキタコノミチカエリャンセの曲が流れる／アルプスを望むチロルの小径を／両手でリンゴを握りしめて若い牧師さんが急ぎ行く〉という濃密な夢の一瞬を夫婦は共にする。昼食介助の微笑ましい具体情景が続く。〈ごはんだよ　かたいかな〉〈ごっくんだよ〉と囁く夫に、妻は〈初秋未明　美しき相を現じて旅立つ／「アリガトネ……」〉。海の唄が続く。

この序詩を合図に、ページをめくると、俣子夫人が創作した人形、木彫、水彩画、折紙の写真にも誘われて、夫である詩人は一気にタイムスリップして若い男女の初々しい思い出から妻死後の独白まで語るのであった。そして、詩集は夫人が好んだ茜色の大空の中に、世界でたったひとつのカップルが共に紡いできた歳月を飛翔させる。

ふたりは山や森や海が好きだった。詩「水音」の志賀高原、白樺の情景で新緑の風の流れを並んで聴く若い日々。詩「飯綱山をまぢかに」では学生時代最後の登山を共にする情景があり、一九三一年生まれの日本の男女には珍しいかもしれない恋愛結婚の炎がうかがわれる。回想シーンなのにリアルだ。きっとふたりにとって忘れがたい特別の日だったのだろう。末尾には妻の水彩画「飯綱山」がある。詩「能登の海」は新婚旅行だ。どうしてこんなにいい詩を妻の死後に書くんだ、とわたしは青木氏を責めたいくらいだ。それくらい、新婚夫婦の能登の海辺のじゃれあいはまぶしくて美しい。生きているうちにあの思い出のシーンを書いて妻に捧げたかった、そういう思いが詩の後半の追悼によく出ている。〈死ぬときは　ウミで逝きたい〉と言った妻の言葉に、新婚の旅でそろえた輪島塗の箸を思い、〈貴女の紅い箸を傍に置いて／ご飯を戴いている〉夫にはいまも夢の波音が聴こえているのだ。続く二篇の詩では、ふたりが慣れ親しんで歩いた信州の名所旧跡が出てくる。

次の章では、生前の倶子夫人の活発な日常活動の様子が描かれているが、それらは夫の側から単に描写したものではなく、きっと彼女はこういう思いだったんだろうなという、妻の側に入ろうとする積極的な姿勢があって、読む者の胸をうつ。

詩「断想」「転院の苦痛」「お茶会の贈り物」は、闘病末期の日々を刻んでいて尊い。これらの詩には命燃え尽きる直前のひとの優しい面影と見守る夫の姿がよく浮かぶ。

そして妻は亡くなった。直後の夫の放心と慟哭が記された詩「おくることば」「闇のなかで」「貴女はどこに」「おぼえがき」は、詩人・青木善保氏の生涯をかけた絶唱だ。

悲しみはやがて、妻の遺品やその思いを活かそうという積極的な思いへとつながっていく。詩「いのちの願い」「手づくりキャンドル」「愛犬『陸《りく》』を偲ぶ」は、死後なおも深いところで妻と交信し対話する詩人の言葉が穏やかな優しさを取り戻していてほっとさせる。詩「うらをみせおもてをみせて」は、妻の叙事詩ダイジェストといった感じで、その一生を追いかける。

次の詩「孫の世界」に橋渡しされて、ついに詩集は新作の最後の章に入る。ここに並んだ珠玉の三篇「葉っぱに学ぶ」「無形のこころ」「湖面の境地」は、徹底的に妻を悼む先にふと出現してきた詩人の新しい境地を反映していて、味わい深いものがある。自然界を大きなところで肯定し、人間社会のありようを内省する青木善保氏の人生哲理が信州の身近な環境の中にさりげなく記されているが、その背後には常に妻・侯子さんの声があり、亡くなってなお人生の道を同行する存在として、微笑みのような存在が詩句の中に溶け込んでいるのである。つらく悲しくさびしい日々を経て、悟りに似た、静かで確固とした境地へと作者を到達させたものは、妻の死だけでなくむしろ妻の生を、共に生きた夫婦の歳月の実りを、詩というかたちで刻印する行為だったに違いない。

詩集は「アンコール～既刊詩集より～」の扉を開けて、とっておきの三篇「秋嶺の現」「なごみの凪」「クロアゲハ」の詩情で全体の幕を閉じる。信州の雄大な自然風景の中に、妻が、そしてそれより前に亡くなってしまった長女が、作者と共に生きている。幻想とリアルの交錯したところには確かに〈心の現実〉がある。厳しい科学精神と包容力のある教育精神をモットーとして仕事や研究の成果をあげてきた青木善保氏が、ここではひとりの夫にかえって思いっきり妻を抱きしめている。その思いの強さと文字刻印の執念が、この追悼詩集を想像力豊かで叙事詩的な一冊にした。

# あとがき

時間を割いて『風が運ぶ古茜色の世界』を読んで戴きありがとうございます。

亡妻侯子が生命をかけて風のように日常では感得できない古茜色の世界を私に届けてくれた境地です。古茜色の世界は二人のいのちといのちの呼応といってもいいのでしょうか。

現代詩の世界には七十歳から始めました。妻は詩には馴染めない気持ちを持っていて、日頃寂しい思いをしていたと思います。自己限定した内面活動から創られる詩に自信がもてない不安が渦巻いているからだと、己に言いきかせていました。ある意味では、自立の輪が広がっているのだろうか。個の呻吟のなかに思う存分の詩相を練ることができたのだと思います。無言の批評を感じながら。

喪失感の闇と波濤の連続の日々を過ごしました。独りで暮らすなか、遺品を整理していて、書類の間に広告紙裏面に書いた孫へのメモをみつけました。

＊正太郎さん小学三年生の一学期　無事終了　頑張りましたネ　おめでとう
どんな時でも勇気をもって　やったからだネ　いつも元気いっぱいの正太郎さん
＊チョッと　さわると　ピーッピッピーとはじけて　高く高く飛んで行ってしまい　そう　何時も　飛び上がっている　元気な美和さん　高く高く飛んで行け　ピーッピッピー光がはしる　すごいパワーだネ

平成二十年七月記

このメモと私作「孫の世界」の詩表現とが一致していることは、大変な驚きでした。私作「孫の世界」を眼にしていないで言葉が一致していることに気づいたのです。人間は此世を去って、その全存在を明らかにすることを痛切に実感しました。自分の感受性が浅く至らなさを、いまさらのように重く悔いております。

＊裏をみせて　表をみせて　もみじ葉
高く　風と共に舞う
青空　高く飛ぶ　もみじ
大地と共に　生きる

＊ザクロ熟れ　残照に輝く
晩鐘の鐘
雄大な裾野に　ひびく聞こゆ

平成二十年十一月記

米寿を目前にして，衣食住が面倒になる、生きるめあてが見えない状況に落ち込みます。

「老人とは、存在自体が不本意である、生きた自己矛盾である」

先達の言葉がありますが。侯子の詩情を抱き詩作を続けたいと念じています。

一周忌に追悼詩集が上梓できましたのは、侯子に親身に接してくださった方々、現代詩に厳しい花嶋堯春先生、「詩集を読む会」の皆さんの有難い後押しがあったからです。感謝を申し上げます。

さらに、レクイエム〈詩集〉作りを勧めてくださった佐相憲一氏に、前著・コールサック詩文庫17『青木善保詩選集一四〇篇』に続いて大変お世話になりました。深く御礼を申し上げます。

二〇一八年　夏

青木善保

# 青木善保（あおき　よしやす）略歴

一九三一年生まれ
信州大学教育学部卒〈昭28〉後、長野県内小中学校勤務
退職後、教育機関を経る
七十歳を過ぎて現代詩を作り始め、現在に至る

所属
樹氷　潮流詩派　日本現代詩人会

著書
詩集
『風の季節』（私家版）2001年

『天上の風』（私家版）２００７年
『風のレクイエム』（私家版）２０１１年
『風のふるさと』（私家版）２０１３年
『風の沈黙』（私家版）２０１６年
『青木善保詩選集一四〇篇』（コールサック社）２０１７年
『風が運ぶ古茜色の世界』（コールサック社）２０１８年

評論集
『良寛さんのひとり遊び』（文芸社）２０１１年

寄稿誌・参加アンソロジー詩集
「詩と思想」「コールサック」
『詩と思想・詩人集』『日本国憲法の理念を語り継ぐ詩歌集』など

連絡先　〒３８０‐０８０３　長野市三輪四‐四‐二八

石炭袋

青木善保詩集『風が運ぶ古茜色の世界』

2018 年 9 月 4 日初版発行
著　者　青木　善保
編　集　佐相　憲一
発行者　鈴木比佐雄

発行所　株式会社 コールサック社
〒 173-0004　東京都板橋区板橋 2-63-4-209
電話 03-5944-3258　FAX 03-5944-3238
suzuki@coal-sack.com　http://www.coal-sack.com
郵便振替　00180-4-741802
印刷管理　（株）コールサック社　制作部

＊カバー木彫作品　青木侯子　＊装丁　奥川はるみ

落丁本・乱丁本はお取り替えいたします。
ISBN978-4-86435-352-6　C1092　￥1500E